Onderdanige Vroulike Fotograaf

Erika Sanders

Reeks

Oorheersing en erotiese onderwerping

Opsomming

Julia is 'n professionele fotograaf wat daarvan hou om belangrike oomblikke in mense se lewens deur haar foto's te verewig.

Terwyl hy in sy ateljee die laaste foto's wat hy van 'n gesin geneem het onthul, kom 'n nuwe kliënt die perseel binne.

Hierdie kliënt, 'n baie goed geposisioneerde en bekende bestuurder, het 'n ongewone opdrag vir Julia: om volwasse tonele te fotografeer.

Julia is huiwerig om hierdie opdrag te aanvaar, maar die bestuur se aanbod is baie sappig ...

Onderdanige vroulike fotograaf is 'n roman met 'n sterk BDSM erotiese inhoud en op sy beurt 'n nuwe roman wat deel uitmaak van die Erotic Domination-versameling, 'n reeks romans met 'n hoë romantiese en erotiese BDSM-inhoud.

(Alle karakters is 18 jaar of ouer)

Nota oor die skrywer:

Erika Sanders is 'n internasionaal bekende skrywer, vertaal in meer as twintig tale, wat haar mees erotiese geskrifte, ver van haar gewone prosa, met haar nooiensvan onderteken.

Indeks

ONDERDANIGE VROULIKE FOTOGRAAF
ERIKA SANDERS

DEEL EEN
Die werksaanbod

11

HOOFSTUK 1

Julia het in die donker kamer van haar klein fotografie-ateljee gesit en fotografiese beelde ontwikkel.

Fotografie was nog altyd sy passie, en hy het dit sy loopbaan gemaak.

Die dertigjarige meisie het aandagtig gekyk hoe die beelde voltooi is.

Sy het hulle uitgehang om droog te word en 'n oomblik geneem om hul werk vir 'n liefdevolle gesin te bewonder.

Julia het haar werk gestaak toe sy die klok hoor lui nadat die voordeur oopgegaan het.

Hy het na die onthaal gegaan en 'n vroulike bestuurder in haar veertigs gesien, geklee soos iemand wat in 'n baie deftige kantoor gewerk het.

“Goeiemiddag,” sê Julia met 'n warm glimlag. "Welkom by my fotografie-ateljee. My naam is Julia. Hoe kan ek jou help?"

Die professionele vrou glimlag terug.

"Hallo Julia. My naam is Catherine."

Hulle het hand geskud toe Julia agter die toonbank staan.

"Lekker om jou te ontmoet, Catherine. Is daar iets wat ek vandag vir jou kan doen? Soek jy iets spesifieks?"

"Eintlik is ek. Ek is mal oor jou werk. Ek dink jy is wonderlik om portrette te neem en spesiale oomblikke vas te vang."

Julia bloos.

"Dankie. Is jy hier op aanbeveling?"

"Navorsing, eintlik. Ek dink die beelde wat jy op jou webwerf het is wonderlik. Jy is 'n baie talentvolle vrou."

"Ek doen die beste wat ek kan".

"So hoe werk hierdie proses?" vra Catherine. "Kontak mense jou, sê vir jou wat hulle wil hê, en dan neem jy foto's van hulle? Ek is natuurlik nuut hierin."

"Gewoonlik is dit hoe dit werk. Soms kom mense na my ateljee as hulle hul portrette wil laat neem, of soms huur hulle my om na hul huis te kom."

"Watter soort foto's neem jy gewoonlik?"

"Dit hang af," antwoord Julia. "As ek moet uitgaan, is dit gewoonlik vir troues, seremonies, gradeplegtigheid, sulke dinge. In my ateljee neem ek gewoonlik familieportrette."

"Gee jy om as ek jou 'n persoonlike vraag vra?"

"Voortoe."

"Maak jy baie geld om dit te doen?"

"Dit is 'n waardige lewe."

"Julia, ek gaan nie jou tyd mors nie," sê Catherine in 'n sake-toon. "Ek is op soek na 'n fotograaf vir 'n reeks fotosessies. Ek sal goeie geld betaal en volledige diskresie vereis. Alle beelde sal volwasse georiënteerd wees."

"Dit behoort nie 'n probleem te wees nie," antwoord Julia selfversekerd. "Ek het al baie naakwerk gedoen. Ek is gemaklik met daardie soort ding."

"Watter soort ervarings het jy daaroor?"

"Op universiteit het ek 'n paar naakkunsklasse gehad. In my fotografiehoofvak het ek sensuele naakportrette vir vroue geneem. Dit is 'n redelik algemene versoek. Ek neem aan jy wil so iets hê."

Catherine glimlag.

"Nie heeltemal nie. Wat ek doen behels 'n bietjie meer erotiek."

"Is dit pornografies?" vra Julia versigtig.

"Ek is nie 'n persoon wat daarvan hou om etikette op dinge te plaas nie. Ek verken die grense van menslike seksualiteit op 'n baie spesifieke manier. Ek het spesiale vriende en ek wil graag hê dat jy van ons sessies met jou unieke stel vaardighede dokumenteer. as 'n fotograaf".

Julia was 'n bietjie verstom.

"Ek kan nie. Jammer. Geen aanstoot nie, maar ek kon waarskynlik nie my beste werk in daardie omgewing doen nie."

Catherine steek haar hand in haar sak en plaas 'n besigheidskaartjie op die tafel.

"Dankie vir jou tyd," antwoord Catherine beleefd. "As kunstenaar het ek gehoop jy sal oopkop wees vir alle vorme van kuns wat die menslike liggaam betrek. As jy nuuskierig is oor wat ek doen, bel my. Ek hoop steeds ons kan uiteindelik saamwerk. Geniet dit baie dag."

"Jy ook. Dankie dat jy gekom het. Ek vra om verskoning dat ek jou nie kon help nie."

"Moenie om verskoning vra nie. Dit is nie vir almal nie. Agterop my kaart het ek die bedrag geskryf wat ek vir jou dienste sou betaal. Dink daaroor."

Catherine het dit gesê, omgedraai en die klein studeerkamer verlaat.

Dit was die mees ongewone aanbod wat Julia ontvang het sedert sy haar eie fotografie-onderneming begin het.

Sy is nog nooit voorheen vir iets openlik seksueel gesoek nie.

Hy het die kaart opgetel en daarna gekyk.

Tot haar verbasing het Catherine 'n hoëvlakpos by 'n groot beleggingsbank in die stad gehad.

Julia het die kaart omgedraai en gesien die prys wat Catherine bereid was om te betaal, en sy was verbaas.

HOOFSTUK 2

Later het hy aan daardie aand gedink.

Nuuskierigheid was nog in Julia se gedagtes voor slaaptyd, al wou 'n deel van haar wegbly van Catherine af.

Sy het na die asblik gegaan waar sy dit gegooi het en Catherine se besigheidskaartjie, wat sy in 'n balletjie gerol het, uitgehaal.

Hy vou dit oop en kyk weer.

Hy het toe na sy rekenaar gegaan vir 'n vinnige hersiening.

Na 'n kort soektog het Julia Catherine se LinkedIn-bladsy gevind.

Catherine was 'n ervare sakevrou-bestuurder met 'n hoë pos by 'n groot beleggingsbank.

Die hoeveelheid ervaring wat Catherine op 'n hoë vlak gehad het, was vir Julia verbasend.

Julia het haar soektog aanlyn voortgesit en Catherine se Facebook-blad gevind, wat oop was vir almal.

Sy het deur die persoonlike foto's van die sakevrou gekyk.

Catherine was pragtig, elegant, gesofistikeerd, met 'n indrukwekkende aura.

Julia het gewonder hoekom so 'n vrou sou belangstel om eksplisiete foto's te neem.

Maar natuurlik het almal hul geheime, dink Julia.

Die intrige was genoeg vir Julia om van plan te verander.

Na alles, hoe lelik kan hierdie beelde wees?

Hulle moes tog smaakvol wees.

Hy het sy e-pos oopgemaak en 'n boodskap aan Catherine geskryf:

Hallo Catherine

Ek hoop jy het pret. Ek is Julia van die fotografie-ateljee. Ek het jou aanbod baie nagedink en sal dalk my standpunt oor die saak heroorweeg as jy nog belangstel om saam met my te werk. Maar eers het ek 'n paar vrae. Is daar 'n gepaste tyd wanneer ons oor die telefoon kan praat? Of wil jy voortgaan om per e-pos te kommunikeer? Laat my weet.

Pas jouself op,

Julia"

Hy kyk op die horlosie en dit was al elf vyf en twintig in die nag.

Julia het haar rekenaar afgeskakel en weer na die besigheidskaartjie gekyk.

Hy draai dit om en kyk na Catherine se handgeskrewe nota: Vyfhonderd dollar per uur.

net meer nuuskierig geword toe sy gaan slaap.

HOOFSTUK 3

Die volgende oggend was 'n tipiese oggend vir Julia.

Wanneer daar geen leidrade of kliënte in sy klein ateljee was nie, het hy sy tyd in die donkerkamer spandeer om meer foto's te ontwikkel.

Dit was vervelige werk, maar sy het dit geniet.

Toe sy klaar was, het sy die donker kamer verlaat en na haar skootrekenaar op haar lessenaar gekyk.

Daar was verskeie nuwe e-posse.

se oë het oor die lys boodskappe geknip, waarvan die meeste werkverwant was.

Wat dadelik sy aandag getrek het, was Catherine se e-posreaksie.

Sy het dit oopgemaak:

Julia

Ek is bly jy het my aanbod heroorweeg. Dit is die beste as ons persoonlik ontmoet om dit te bespreek. Kom Vrydag agtuur die oggend na my kantoor toe. Ek sal vir jou 'n afspraak gee sodat die ontvangs en my sekretaresse jou inlaat.

Catherine”

Die kort e-pos was meer as genoeg om Julia se belangstelling weer te prikkel.

Sy steek haar hand in haar sak om die adres van haar kantoor in die middestad op Catherine se besigheidskaartjie te vind.

Sy het aanlyn gegaan en aanwysings van haar huis opgesoek, en seker gemaak dat sy haar skedule vir Vrydagoggend duidelik hou.

DEEL TWEE
Die slawerny

21

HOOFSTUK 4

Julia het senuweeagtig in die hysbak gestaan toe dit in die groot gebou opgaan.

Sy het 'n knoppie-hemp met 'n besigheidsromp gedra om gepas te lyk in 'n korporatiewe omgewing.

Toe die hysbak uiteindelik die vloer bereik, het Julia skugter na Catherine se kantoor in die vreemde area vir haar gesoek.

Toe hy haar opspoor, het hy 'n jong sekretaresse genader wat hom in die kantoor toegelaat het.

Sy sluk stilletjies toe sy instap en besef dat sy net Catherine se kantoorwerk onderbreek het, wat dit ook al destyds was.

"Sit asseblief," sê Catherine beleefd van agter haar lessenaar. "Ek is bly jy het van plan verander oor 'n moontlike verhouding."

Julia het regop gesit en ontspan.

"Wel, ek het daaroor gedink en besef dis seker iets in goeie smaak."

"Kyk na my kantoor. Natuurlik is alles wat ek doen smaakvol," het die sakevrou skertsend gesê.

"Ek kan dit beslis sien."

"En ek is seker die geld wat ek aanbied het gehelp om jou te oortuig, is dit korrek?"

Julia bloos.

"Dit is deel daarvan ."

"Goed," stem Catherine saam. "Ek waardeer jou eerlikheid. Daar is geen skande om meer geld te wil hê nie."

"Geld is altyd goed. Ek is nie juis ryk nie. Maar meer as enigiets, ek is lief vir die kuns van fotografie. Ek hou daarvan om beelde vas te lê van mense wat 'n leeftyd sal hou. Jy lyk soos 'n baie interessante persoon en vertel jou storie met my foto's was 'n geleentheid wat ek net nie kon laat verbygaan nie."

"Ek het geweet ek kies die regte vrou vir die pos," het Catherine geglimlag.

"Sal jy omgee om vir my 'n idee te gee van wat jy wil hê? Ek verstaan jou behoefte aan diskresie gegewe die onderwerp. Maar op hierdie stadium wil ek graag weet waarin ek my inlaat."

"Is jy vertroud met slawerny en die BDSM-leefstyl?"

Julia was verbaas.

"Ja ek is."

"Wat kan jy my daarvan vertel?"

Julia dink vir 'n oomblik.

"Nie veel nie. Ek ken net die cliché dinge wat ek op TV sien. Jy weet, swepe, kettings, leer. Daai soort ding."

"Dit is net een klein aspek van die fetisj," het Catherine verduidelik. "Ware BDSM gaan oor oorheersing en onderwerping. Dit gaan daaroor om mag te verloor en jouself heeltemal aan 'n ander persoon te gee. Op 'n veilige en konsensuele manier, natuurlik. Swepe en kettings is bloot gereedskap om 'n spesifieke doel te bereik. "

"Is sy, soos, 'n minnares of iets?" vra Julia in 'n bedeesde stemtoon.

"Ek hou nie van etikette nie. Maar ek dink ek sal by daardie beskrywing pas. Pla dit jou?"

"Glad nie. Umm, ek dink vroulike bemagtiging is 'n wonderlike ding."

"Ek ook," stem Catherine saam. "En jy gaan 'n paar ernstige vroulike bemagtiging sien wanneer jy in my spesiale kamer kom. Die meeste van my subs is kragtige sakemanne in hul daaglikse lewens. Hulle doen die moeite om my privaat op hul knieë te kry."

"En jy?"

"Ek wat?"

"Dien jy ook in?" het Julia gevra.

Catherine glimlag.

"Natuurlik doen ek. Ek sou dit nie doen as ek nie elke sekonde daarvan liefgehad het nie."

"Hoe werk dit? Ek bedoel, kom kuier hulle vir jou? So wat? Slaan jy hulle of iets?"

"Ek het 'n spesiale slawerny kamer op my solder," het Catherine geantwoord. "Ek ontmoet verskillende onderdaniges uit die korporatiewe wêreld. Dit is iets eksklusiefs. Gewoonlik oor naweke. Net vir 'n uur."

"Hoekom 'n uur?" het Julia gevra.

"Dit is die perfekte hoeveelheid tyd, na my mening. As dit te lank sou aanhou, sou dinge begin seermaak, op 'n slegte manier. As dit te kort was, sou daar nie genoeg voorspel wees om dinge op te bou nie. 'n Uur is die perfekte hoeveelheid tyd om 'n ongelooflike klimaks te bou."

"Dit klink uitlokkend."

"Wag tot jy dit sien," sê Catherine. "Ek dra 'n goue masker. Dit is soos 'n alter ego wat ek het. Sodra die masker aan is, word ek 'n ander mens. As mense dink ek is 'n teef in die kantoor, wag totdat jy saam met my in my slawerny is. ." met die masker op en 'n sweep in die hand. Ek word iets heeltemal anders."

Julia was aangetrokke tot Catherine.

Dit was 'n nuwe wêreld van seksuele vryheid wat nie deur persoonlike inhibisies beperk is nie.

Dit het hom op 'n manier afgestoot, maar terselfdertyd was hy heeltemal fassinerend.

Ek kon nie wag om dit te sien en op kamera vas te vang nie.

"Jy wil hê ek moet die hele ervaring fotografeer, reg?" het Julia gevra om dit duidelik te maak.

"Ek wil hê jy moet alles behalwe die gesigte fotografeer. Diskresie is van die uiterste belang aangesien my onderbroeke meestal ryk individue is. Jy sal nie toegelaat word om te weet wie hulle is nie. Hulle sal te alle tye gemasker wees."

Julia se vingers ruk.

"Ek sal eerlik wees. Dit lyk alles vir my vreemd. Ek is nog nooit voorheen gevra om deel te wees van so iets nie. Ek het nie eers hierdie dinge op video gesien nie, wat nie beteken dat ek nie pornografie gesien. Dit is alles baie nuut vir my."

"Dan beny ek jou," antwoord Catherine.

"Regtig waarom?"

"Omdat jy dit vir die eerste keer sal verken, met maagdelike oë."

"Dit sal beslis die geval wees," het Julia geantwoord.

"Sê my, is jy tevrede met jou sekslewe?"

"Wat bedoel jy?"

"Is jy seksueel tevrede?" vra Catherine reguit. "Kom jy soos jy wil? Wil jy beter orgasmes hê? Wil jy hê iemand moet jou liggaam en siel naai?"

Julia was verras deur die agbare sakevrou se vraestel.

"My sekslewe kan beter wees," het hy erken. "Ek is enkellopend. Ek het lanklaas uitgegaan. Dit is die persoonlike prys wat ek betaal om my eie besigheid te bestuur."

"So jy masturbeer waarskynlik baie."

"Min of meer."

Catherine het 'n pen en 'n notaboek geneem en begin skryf.

Toe hy klaar was, het hy die briefie aan Julia oorhandig.

"Dis die adres van my woonstel," het Catherine gesê. "Die volgende sessie is Saterdag om tienuur in die nag. Moenie laat wees nie. Jy sal vyfhonderd dollar vir die hele uur betaal word. Neem foto's van enigiets wat jy wil hê, behalwe gesigte of enigiets wat gebruik kan word om iemand te identifiseer . beelde sal eksklusief aan my behoort. Moet dit asseblief nêrens plaas nie. My sekretaresse sal 'n kontrak en vertroulikheidsvorms gereed hê vir jou om te teken wanneer jy my kantoor verlaat. Dit sal vir eers al wees."

Julia staan op.

"Dankie. Ek sien uit na ons vergadering Saterdag."

Catherine het ook opgestaan, en die twee vroue het hand geskud om die transaksie informeel te sluit.

"Nog een ding, dra 'n mooi rok as jy kom. Ek wil hê jy moet goed lyk."

Die uitdrukking op Julia se gesig het verander.

Op daardie einste oomblik het hy net besef waarin hy hom inlaat.

HOOFSTUK 5

Nadat Julia met die sekretaresse vergader het om die vorms en ooreenkomste te onderteken, het Julia haar uit die korporatiewe gebou gehaas vir bietjie vars lug.

Sy verstand was 'n mengsel van emosies.

Ek was nuuskierig, maar ek was senuweeagtig.

Ek was geïntrigeerd, maar huiwerig.

Hy het besef dat dit alles in die voortou was, maar dit was te laat om terug te draai.

Sy het reeds haar woord gegee, sy het die kontrakte geteken en daar was geen terugkeer nie.

Die middestadstraat was stampvol en sy het gekyk hoe die korporatiewe werknemers na hul bestemmings stap, terwyl sy heeltemal senuweeagtig staan.

Julia het 'n klein buitelug-kafeteria gesien en gegaan om by die tou aan te sluit.

Hy het dringend iets sterk nodig gehad om te drink.

Op die oomblik toe Julia in die ry kom, hoor sy 'n stem wat haar van agter af roep.

Sy het omgedraai en gesien hoe Catherine se persoonlike sekretaresse haar met 'n glimlag nader.

Die sekretaresse was verbasend jonk, in haar twintigs, en sy was baie mooi.

"Het ek vergeet om iets te teken?" vra Julia toe die sekretaresse nader kom.

"Nee. Dit alles is reeds gedoen. Ek is op my pouse en ek wou met jou praat."

"O hoekom?"

"Ek weet waarvoor hulle jou aangestel het," het hy gesê. "Toe jy die dokumente onderteken het, het jy verskrik gelyk, asof jy 'n kontrak oor jou lewe onderteken het."

"Kan jy my kwalik neem dat ek so voel?"

Die sekretaresse glimlag.

"Dit is 'n normale gevoel. Ek weet presies waardeur jy gaan."

"Jy weet dit?" het Julia gevra.

"Ja. Kom ons sê net ek het deur 'n uitgebreide onderhoudsproses gegaan om my werk as Catherine se sekretaresse te kry."

Dit het Julia nie lank geneem om die verbinding te maak nie.

Hy het dadelik besef dat die pragtige jong sekretaresse seksueel onderdanig was aan Catherine.

Julia het haar bes gedoen om nie verras te word nie.

"So, jy en Catherine?" vra Julia suggestief en nuuskierig.

Die sekretaresse knik trots.

"Ek het aansoek gedoen vir die pos met die wete dat ek nie gekwalifiseer is om vir 'n top-korporatiewe vrou te werk nie. Maar ek het gedink ek het niks om te verloor nie. Sy het my persoonlik ondervra. Ek kon sê sy hou van my voorkoms. En voor ek dit geweet het , Ek het baie geteken van dieselfde dokumente wat jy gemaak het. Toe laat sy my in haar private wêreld van avontuur."

"Hoekom vertel jy my dit? Ek wil nie onbeskof klink nie, maar dit is nie juis die inligting wat gedeel moet word nie."

"Klink of jy dalk 'n vriend nodig het. Ek wil nie hê jy moet senuweeagtig wees nie."

"Dankie," antwoord Julia. "Ek is egter reeds senuweeagtig. Ek kan nie anders as om te voel ek het 'n groot fout gemaak nie. Ek is nie seker of ek so 'n fetisj kan hanteer nie."

"Ek het dieselfde gedink toe ek by haar betrokke geraak het. Ek was doodbang toe ek die eerste keer haar slawerny sien. My hande het gebewe toe ons die proses begin het. Maar nou kan ek nie daarsonder wees nie."

"Wat het jou van mening laat verander?" het Julia gevra.

"Please."

HOOFSTUK 6

Saterdag nag.

Julia het na die woonstel gegaan met haar kamera in sy tas, en sy het 'n geel rok aangehad wat sy spesifiek vir die geleentheid gekoop het.

Dit was nege-uur in die nag.

Hy het 'n uur voor die afspraak opgedaag toe hy die hysbak opgestyg het.

Om stiptelik te wees was deel van die werk.

Toe sy by die woonstel kom, het Julia na Catherine se woonstel gestap en gebel.

Hy hoef nie lank te wag dat Catherine die deur kaalvoet in 'n sygewaad oopmaak nie.

Catherine se hare was goed gestileer, so ook haar perfekte grimering.

"Jy is vroeg," glimlag Catherine.

"Ek hou altyd daarvan om vroeg te wees. Is dit 'n probleem? Ek kan altyd 'n bietjie later terugkom..."

"Nee, nee, dis goed. Kom in. Ek is bly jy is vroeg. Dit gee ons kans om nog bietjie te gesels."

Julia het die woonstel binnegegaan en haar aan alles verwonder.

"Pragtige plek," sê Julia bewonderend. "Dit is wonderlik. Ek het nog nooit so iets in die stad gesien nie."

"Daar sal vanaand baie dinge wees wat jy nog nie gesien het nie."

"Ek is seker jy is reg. Kan ek jou slawerny-kamer sien? Ek sal graag nou 'n paar foto's daarvan wil neem."

"Nog nie," antwoord Catherine. "Ek wil hê jy moet foto's neem wanneer alles begin, nie voorheen nie."

"Wel."

"Ietwat bang?"

Julia dink vir 'n oomblik.

"Effens. Maar ek sal regkom. Ek is beslis nuuskierig. Ek was nog nooit deel van so iets nie."

"Jy is die soort vrou wat dit gaan geniet. Ek kan dit voel."

"Wat laat jou so sê?"

"Ek doen dit al lank," het Catherine geantwoord. "Ek kan baie vertel oor mense se seksuele gewoontes net deur na hulle te kyk. Ná vanaand is ek seker jy sal gretig wees om terug te kom. Jy sal verslaaf wees. Glo my."

Julia voel skielik ongemaklik oor Catherine se aanname.

Sy het probeer om professioneel en ernstig te bly.

"So wat kan jy my vertel van vanaand se gas?" vra Julia en verander die onderwerp.

"Hy is ryk. Hy is 'n jarelange vriend van my. Ek kry gewoonlik besigheidsadvies by hom, maar seksueel neem hy sy bestellings by my. Jy sal nie sy gesig sien nie en jy sal nie sy identiteit ken nie."

"Hoe laat sal hy aankom?"

"Dis hier," glimlag Catherine.

"Hy is...?"

Catherine beduie in die gang af.

"Dis in my hoofkamer. Wil jy kyk?"

Albei vroue het in die gang van die luukse woonstel afgestap.

se hartklop het opgeskiet asof sy 'n kardio-oefensessie gedoen het.

Haar hart het vinnig geklop toe Catherine die deur na die hoofslaapkamer oopmaak.

"Daar is dit," sê Catherine.

Julia was amper verbaas toe sy 'n middeljarige man op die bed sien sit, net sy onderklere aan.

Sy gesig en kop was met 'n swart leermasker bedek.

Daar was gate in sodat hy kon sien en praat.

Hy kyk direk na Julia.

lyf het sy ouderdom weerspieël en sy figuur was glad en mollig.

Sy hande was met 'n tou saamgebind.

"Wat dink jy?" vra Catherine met 'n grenslose, bose glimlag.

"Ek weet nie wat om te dink nie".

"Wel, is jy bang vir wat ek aan hom sal doen? Sit dit jou op enige manier aan? Jy moet 'n paar idees daaroor hê."

"Dit is beslis 'n baie uitdagende beeld."

Catherine glimlag.

"As jy dink dit is uitlokkend, wag totdat die vertoning begin. Dit is egter nog nie tyd nie."

Hy het die slaapkamerdeur toegemaak en hulle het in die gang gestaan.

"Intussen," sê Catherine en kyk na die lyk van die fotograaf. "Ek het gedink ek het vir jou gesê om vanaand 'n mooi rok te dra."

Julia kyk kort na haar goedkoop geel rok.

"Jammer. Dit was die beste wat ek kon kry."

"Nie goed genoeg nie. Volg my."

Die twee vroue het na 'n ander kamer aan die einde van die saal gegaan.

Dit was 'n gastekamer, wat net so indrukwekkend soos die hoofkamer was.

Die kamer was netjies en die bed het vars opgemaak gelyk.

Catherine het die kas oopgemaak en vlugtig deur die wye verskeidenheid duur klere gesoek.

Toe sy kry waarna sy gesoek het, het sy dit op die bed gegooi.

Dit was 'n elegante en skraal swart rok.

"Sit dit aan," het Catherine gesê. "Ek wil nie hê jy moet iets anders as dit dra nie, nie eers jou skoene nie."

"Wat van my bra en broekie?"

" Nog nie. Sal dit 'n probleem wees?"

Julia skud haar kop.

"Geen."

"Goed. Trek aan in hierdie kamer. Ek sal binnekort terug wees sodra ek my stewels aantrek en van hierdie kleed ontslae raak."

"Wel."

"Is jy gereed hiervoor?" vra Catherine.

"Ek is."

"Jy lyk ongemaklik. Dis okay om senuweeagtig te wees. Maar as jy nie wil voortgaan nie, is dit ook reg. Ek kan altyd iemand anders kry en ek sal jou selfs vir vanaand betaal."

Julia haal kort asem.

"Nee. Ek wil dit doen. Ek sal my rok aantrek en ek sal gereed wees wanneer jy is."

"Uitstekend," glimlag Catherine, voordat sy omdraai om weg te loop.

Julia is alleen in die luukse gastekamer gelos.

Sy kyk na die swart rok wat op die bed lê en wonder hoeveel dit werd is.

Dit het duur gelyk.

Sy laat sak die kamera, trek toe haar geel rok uit en gooi dit op die bed.

Hy het sy skoene uitgetrek.

Uiteindelik, soos Catherine versoek het, het sy haar bra en broekie verwyder en naak in die kamer gestaan.

Sy het na haar naakte voorkoms in die spieël gestaar en opgemerk hoe normaal sy lyk.

Sy tel die swart rok op en trek dit aan, kyk dan weer na haarself in die spieël.

Hierdie keer het sy heel anders gelyk.

Sy het gelyk as 'n vrou van klas en elegansie.

"Pragtig," sê Catherine se stem uit die gang.

Julia was verbaas dat sy dopgehou is, maar sy was nie seker vir hoe lank nie.

Sy oë rek toe hy Catherine in 'n swart korset en lang swart stewels sien.

Catherine se voorkoms was in skrille kontras met haar gewone professionele drag.

"O, dankie," antwoord Julia stil. "Jy lyk ook pragtig."

"Nou is dit tyd. Ek het my spesiale kamer oopgesluit. Dis in die gang af. Wag vir my daar met jou kamera gereed, en ek bring ons spesiale gas. Jy is vry om die foto's te neem soos jy wil. Ek het gewen gee nie vir jou instruksies oor hoe om jou werk te doen nie. Dit is aan jou.

"Dankie."

Catherine stap eenkant toe en beduie vir Julia dat dit tyd is om alleen na die slawernykamer te gaan.

Julia haal 'n sagte asem, en met haar groot kamera in die hand, skuur sy verby Catherine en stap in die gang af na die oop vertrek.

HOOFSTUK 7

Die slawerny was groot en die mure was bedek met swart vulling.

Dit was 'n baie goed beligte kamer.

Julia se oë het gevee oor die verskillende seksuele items en gadgets wat uitgestal is.

Daar was 'n groot verskeidenheid dildo's, seksspeelgoed, kettings en klampe.

Daar was 'n stoel en 'n tafel in die kamer, wat die enigste meubels was wat beskikbaar was.

Daar was 'n groot horlosie aan die muur om te verseker dat elke sessie presies een uur duur.

Dit was eers toe sy die geluid van Catherine se hakskene op die vloer hoor klik dat Julia onthou het dat sy 'n spesifieke werk het om te doen.

Hulle het aangekom, en Julia het haar kamera voorberei om foto's te neem.

Die eerste ding wat Julia die kamer sien instap, was die middeljarige man, sy hande nog vasgebind en sy gesig steeds bedek om sy identiteit te beskerm.

Julia het 'n foto van hom geneem.

Toe kom Catherine die kamer binne.

Sy het 'n blink goue masker gedra wat haar gesig bedek het, maar haar hare vrylik laat val.

Die masker het gelyk of dit in die vyftiende eeu of so vir een of ander koninklike familie geskep is, het Julia gedink.

Julia het foto's geneem van Catherine wat die man die kamer inlei en toe die deur toemaak.

Julia kyk nuuskierig hoe die gebonde man moet kniel.

Catherine het hom beveel om op sy knieë te gaan en stil te bly.

Julia het nog foto's geneem.

Catherine het na haar versameling seksspeelgoed gestap en gesoek na wat sy wou hê.

Sy het uiteindelik gevestig op 'n lang, vleeskleurige dildo.

Maar sy was nog nie klaar nie.

Sy het die dildo aan 'n gordel vasgemaak en dit dan oor haar leerkorset geglip.

Julia het nog foto's geneem.

"Is jy reg vanaand?" Catherine het haar onderdanige man gevra.

"Mmm... Hmmm..." prewel hy terug.

"Goeie seun," sê Catherine in 'n neerbuigende stemtoon. "Nou wil ek jou klein gat oor die tafel gebuig hê."

Die man het opgestaan en homself op die tafel geplaas, sy maag daarop en sy bene uitmekaar.

Die man het gedemonstreer dat hy dit al verskeie kere vantevore gedoen het, en dat hy elke oomblik geniet, maak nie saak hoe stormagtig of neerhalend die ervaring vir 'n normale persoon gelyk het nie.

Catherine neem 'n klein houtroeispan en begin liggies aan die man se agterkant tik.

Eers was dit sag, asof sy omgee vir sy welstand.

Met die graaf het hy dit harder begin slaan, toe nog harder.

Die man het met sy mond begin prewel soos die houe meer intens geword het.

Julia het amper sleg gevoel vir hom, maar sy het haar werk gedoen en vir hom foto's geneem.

"Hou jy daarvan, varkie?" sê Catherine vir hom en gaan voort met die graaf.

"Mmm... Hmm..."

"Ek het nog iets vir jou."

Catherine sit die graaf neer en bind die man se hande en enkels aan verskillende hoeke van die tafel vas.

Hy is gevang.

Al sy vertroue is volkome in Catherine geplaas.

Sy was na sy wil en aan sy genade.

Hy het 'n bottel lube gegryp en 'n groot hoeveelheid aan sy vingerpunt gesmeer.

Julia het nabyfoto's van Catherine se gesmeerde vinger geneem.

Julia het toe nabyfoto's geneem van die vinger wat die man se anus binnegaan.

Hy kreun toe hy deur Catherine se vinger gepenetreer word.

Toe steek hy twee vingers in.

Toe drie.

Julia wonder of die man dit geniet.

Maar dit was nie sy saak nie.

Julia se werk was om 'n foto van die penetrasie te neem, en sy het, die kamera wat dit alles ingeneem het.

Julia se maag het amper geval toe sy sien hoe Catherine haar agter die man posisioneer, die groot penis vasgegord aan haar middel wat direk na die man se uitgestrekte agterkant wys.

Julia was gereed om namens die hulpelose man op die tafel te skree en te pleit.

Sy wou hierdie malligheid namens hom keer.

Maar sy het nie.

Dit was nie sy rol nie.

Haar mond was oop van ongeloof, en sy het die kamera vlugtig laat sak sodat sy die anale penetrasie met haar eie oë kon sien.

Dit was 'n skokkende gesig.

Sy het haar kamera gelig, dit direk na die anale penetrasie gerig en nog foto's geneem.

HOOFSTUK 8

Maandag.

Dit was vroegoggend en Julia het in haar donker kamer gestaan en al die foto's ontwikkel wat sy vir Catherine geneem het.

Daar was in totaal meer as tweehonderd beelde.

Die eerste groepe was gereed.

Die beeldkwaliteit was goed, en sy het haar eie werk bewonder.

Hy het geweet Catherine sou gelukkig wees met die manier waarop hy die slawerny verower het.

Hy het geweet dat Catherine ook sal hou van hoe die onderdanige man gevang is.

Daar was beelde wat Catherine in haar uitrusting vasgevang het, en daar was nabyskote van die goue masker.

Julia kyk kort na die res van die filmstroke wat sy geneem het.

Hy het na die beeldmateriaal gekyk van die man wat aan die seksvoorwerp suig, geslaan word, en dan vir 'n lang tydperk deur die groot gordel gesodomiseer word.

Haar hartklop het gestyg.

Hy kyk toe na die beeldmateriaal van die man wat deur Catherine geskud word.

Hierdie een het 'n massiewe vrag semen op die vloer geskiet, wat hy toe beveel is om met sy tong skoon te maak.

Julia voel 'n brandende sensasie tussen haar bene.

Sy was opgewek in sy donker kamer, net soos sy in Catherine se slawerny-kamer was.

Sy knoop haar broek oop en gly haar regterhand by haar broek af.

Hy het gekyk hoe die film ontwikkel word, die man wat aan die dildo suig terwyl hy op sy knieë was, en homself seksueel aangeraak.

Hy het alles onthou wat hy gevoel het toe hy alles vir die eerste keer gesien het.

Sy het gevisualiseer hoe hy gesodomiseer word, en Catherine wat hom masturbeer.

Sy het haarself aangeraak en gedink aan die man wat aan Catherine se tiete suig .

Sy het gedink aan al die verbaal neerhalende opmerkings wat hy aan haar gemaak het en die moeilike situasie waarin sy geplaas is.

Toe verbeel Julia haar in die man se posisie.

Sy het gewonder of sy dit dalk geniet om aan 'n dildo te suig en in so 'n vernederende posisie gesodomiseer te word.

Toe sy 'n orgasme in die donker kamer kry, het sy besef die antwoord is ja.

DEEL DRIE
Goue masker en swart rok

45

HOOFSTUK 9

Twee maande later het Julia 'n nuwe rok aangehad toe sy na Catherine se kantoor gegaan het.

Hulle het haar na 'n private vergadering genooi.

Toe hy die woonstel sonder aarseling bereik het, het hy 'n kort gesprek met die sekretaresse gehad en is in Catherine se kantoor toegelaat.

Die twee vroue het mekaar met 'n drukkie gegroet, en albei het in hul onderskeie sitplekke gesit, met Catherine agter haar groot lessenaar en Julia wat oorkant haar gesit het.

"Ek kan eerlik sê dat jy die beste werknemer is wat ek nog gehad het," het Catherine verklaar. "Dit beteken iets, gegewe die aantal gekwalifiseerde mense wat oor die jare vir my gewerk het."

'n Gevoel van trots spoel oor Julia.

"Dankie. Ek doen die beste wat ek kan."

"Hou jy daarvan om my as jou werkgewer te hê? Ek het 'n reputasie dat ek 'n regte teef is, wat welverdiend is."

"Ek dink glad nie jy is 'n teef nie," antwoord Julia speels. "Ek dink jy is 'n sterk vrou. En jy is maklik die mees intrigerende werkgewer wat ek nog gehad het. Elke week is ongelooflik. Ek is mal daaroor. Ek sien altyd uit na ons vergaderings."

"Wel, ongelukkig gaan u dienste nie meer nodig wees nie," het Catherine in 'n stomp besigheidstoon gesê. "Jy het jou taak voltooi om al my subs te fotografeer. Ek dink jy het 'n wonderlike werk gedoen. Jou werk het my verwagtinge ver oortref."

Julia was verbaas.

Hy was mal daaroor om Catherine se geheime sekslewe te geniet, te kyk en foto's te neem.

Om Saterdagaande na sy woonstel te gaan was sy opwinding van die week.

En hy masturbeer in privaat elke keer as hy by die huis kom.

Hy het ook weekliks lief geword vir Catherine se maatskappy.

"Ag, ek is bly jy het van my werk gehou," het Julia geantwoord en probeer om nie verpletter te klink nie.

"Ek is nie die enigste een wat daarvan hou nie. Al my manlike subs stem saam dat jy 'n uitstekende werk met jou fotografie gedoen het. Jy sal 'n stewige bonus hiervoor kry. Wanneer jy my kantoor verlaat, sal my sekretaresse, gee vir jou 'n koevert met die geld ".

"Dit is baie gaaf van jou."

Catherine glimlag.

"Dit is nie 'n probleem nie."

"Is daar enige manier waarop ons... kan... hiermee voortgaan?" vra Julia met al die selfvertroue wat sy kon opdoen. "As 'n fotograaf dink ek daar is baie meer wat ons kan verken wat ons nog nie gedoen het nie."

Catherine lig 'n wenkbrou.

"Regtig? So die skaam fotograaf wil aanhou werk vir my. Dis interessant."

"Wel, ek stel belang in jou stokperdjie," erken Julia ten spyte van haarself. "Dit is 'n fassinerende ding, en ek dink ons het 'n goeie werk saam gedoen in terme van kunsmaak."

Catherine dink 'n oomblik daaroor na.

"Ek het dalk iets anders vir jou. Geen waarborge nie. Maar dit is dalk buite jou bereik."

Julia se aandag is skielik geprikkel.

"Wat is dit?"

"Die slawerny-fetisj is meer algemeen in die sakewêreld as wat jy dalk dink. Dit is baie gewild onder magtige mans, want hulle hou van rolomkeer. Hulle hou daarvan om beheer aan verleidelike vroue af te staan nadat hulle die baas van alles was. " die dag. Is jy tot dusver belanggestel ?"

"Sekerlik."

"Goed. Ek sal die geleentheid organiseerders kontak om te sien of jy kan aansluit."

"Gebeurtenis?" het Julia gevra.

"Ja, dit is 'n klein gebeurtenis wat af en toe gebeur. Dit is basies 'n slawernypartytjie, waar die rykes en magtiges regtig pret het, soos volwassenes."

"Dit klink soos iets wat ek graag wil sien."

Catherine glimlag.

"Jy het geen idee nie. Dit is so vuil en vulgêr, almal is gemasker. Alles is heeltemal diskreet. Boonop is dit 'n tradisie."

"Wat sou ek daar doen?"

"Neem foto's. Wat anders sou dit wees? Miskien wil die geleentheidsorganiseerders 'n paar mooi foto's hê vir aandenkings of iets."

"Ek kan dit beslis doen," het Julia geantwoord. "Om eerlik te wees, vandat ek foto's van jou slawernysessies begin neem het, lyk alles wat ek by die werk doen nogal vervelig in vergelyking."

Catherine glimlag.

"Ek het geweet jy sal daarvan hou. Jy is daardie soort meisie. Nou as jy my sal verskoon, ek het 'n afspraak oor 'n paar minute."

"O, natuurlik. Dankie vir jou tyd."

Julia staan op en steek haar hand uit vir 'n handdruk voor sy vertrek.

"Nog een ding," het Catherine bygevoeg. "My ander vriende speel nie altyd wettig nie. So as jy vir my wil aanhou werk, dan moet jy seker wees."

"Ek is seker."

Catherine knik.

"Ek het so gedink. Ons sal kontak hou. En ons sal binnekort na jou terugkom."

HOOFSTUK 10

'n Week later.

Dit was vroeg Dinsdagoggend.

Julia is wakker gemaak deur 'n reeks klop aan die deur.

Sy klim uit die bed, kyk vlugtig na haarself in die spieël en maak toe die deur oop.

Tot haar verbasing was dit Catherine se sekretaresse wat 'n klein pakkie vasgehou het.

"Goeie môre," sê die sekretaresse met 'n stralende glimlag.

"Goeie môre, kom in."

Die sekretaresse het die klein woonstel met die pakkie binnegegaan, en Julia het die deur toegemaak.

"Jammer ek pla jou so vroeg," sê die sekretaresse. "Ek is die res van die dag besig, so dit was die enigste tyd wat ek gehad het."

"Moenie bekommerd wees nie. Wil jy 'n koffie hê of iets om te drink?" het Julia gevra.

"Dit gaan goed met my, baie dankie."

"So wat bring jou vanoggend hierheen?"

"Catherine het die organiseerders van die geleentheid gekontak," het die sekretaresse geantwoord. "Almal is mal oor jou werk en dink jou foto's sal welkom wees."

"Dit is goeie nuus. Ek sal dit graag wil bywoon."

"Daar is egter 'n voorwaarde."

"Wat is dit?" het Julia gevra.

"Die slawerny-geleentheid is eksklusief, en hulle laat geen vreemdelinge in nie. Daarom sal jy 'n ontgroening moet hê voordat jy foto's daar kan neem."

Die nuus het Julia sterker as enige koppie koffie wakker gemaak.

"Wat bedoel jy?"

"Daar is 'n ontgroeningsproses vir nuwe lede. Daar is vir my gesê daar is geen manier om dit te doen nie. Jy moet, as jy wil aanhou werk vir Catherine."

"Wel, wat vereis hierdie ontgroening? Iets ekstres?"

"Dit verander elke keer," antwoord die sekretaresse. "Ek is 'n paar jaar gelede geïnisieer, en dit was redelik stil. Maar vir ander mense, sjoe. Ek wens nie dit was hulle nie."

Julia voel skielik hoe haar gedagtes draai.

Hy wou die werk meer as enigiets hê, en hy wou nie vir Catherine teleurstel deur te weier nie.

"Sê vir Catherine ek sal dit doen," het Julia gesê.

Die sekretaresse het geglimlag en die pakkie op 'n nabygeleë tafel neergesit.

"Sy het geweet jy sou belangstel. Hierdie is vir jou."

"Wat is dit?"

"Maak oop en jy sal sien."

Julia lig die deksel van die pakkie op om 'n goue masker op 'n fyn swart lap te sien.

Die masker was elegant en soortgelyk aan die een wat Catherine tydens elke slawernysessie dra.

"Waarvoor is dit?" vra Julia terwyl sy die masker neem om dit te ondersoek.

"Jy sal dit na die geleentheid moet dra. Dit is dieselfde tipe as Catherine, wat mense sal laat weet dat jy haar gas en haar sub is."

Julia het verder na hom gekyk.

"Dit is 'n pragtige masker."

"Dit is sekerlik. Daar is ook 'n uitrusting in die pakkie. Jy sal dit moet dra. Niks anders behalwe die hakke nie."

Julia lig die dun swart lap uit die pakkie.

Dit was heeltemal deursigtig.

"Mag ek nie iets anders onder dra nie?" het Julia gevra.

"Nee, niks. Die geleentheid begin Saterdag om seweuur die aand. 'n Bestuurder sal jou sesuur kom haal, so wees voorbereid. Jy mag 'n jas dra om jou lyf te bedek wanneer jy kar toe stap, maar haal dit een keer af totdat jy by die geleentheid aankom. Moenie vergeet om jou masker en jou kamera saam te bring nie."

"Kan ek jou 'n persoonlike vraag vra?"

"Sekerlik," antwoord die sekretaresse.

"Dink jy ek kan hiermee deurgaan? Ek bedoel, na jou mening, dink jy ek sal kan hanteer wat by die geleentheid gaan gebeur?"

Die sekretaresse glimlag.

Daar is net een manier om uit te vind."

HOOFSTUK 11

Saterdag nag.

Die hysbakdeur het oopgegaan en Julia stap flink in die gang van haar woonstelgebou af.

Sy het hoëhakskoene en 'n groot jas aangehad.

Onder het sy die deursigtige swart rok gedra en niks anders nie.

Hy het die pakkie vasgehou met die goue masker binne, en nog 'n boks waarin sy kamera was.

Sy het so vinnig geloop as wat sy kon sodat niemand haar sou sien nie.

'n Swart motor het vir haar gewag, met die bestuurder wat die deur oopgehou het.

Toe hy in die motor klim, sien hy Catherine op die agtersitplek sit.

Nadat Julia gesit het, het die bestuurder die deur toegemaak en na haar bestemming gegaan.

"Jy lyk oulik in daardie uitrusting," het Catherine gesê. "Dit is lekker om jou te sien in iets wat bietjie meer sexy is as wat jy gewoonlik dra."

"Dankie. Jy lyk ook goed."

Julia se oë het oor Catherine se liggaam gereis, wat baie meer naak was.

Catherine was nie skaam om in die kar te sit met net 'n dun swart rok aan nie.

Elke ronding op haar lyf was ten volle sigbaar, en haar groot bruin tepels kon deur die dun materiaal gesien word.

"Jy lyk 'n bietjie senuweeagtig," beduie Catherine.

"Min of meer. Hierdie hele proses is nogal intimiderend vir my. Ek het gehoor daar is 'n ontgroening waardeur ek moet gaan."

Catherine glimlag.

"Jy het die regte ding gehoor."

"Kan jy my ten minste 'n idee gee van wat gaan gebeur?" vra Julia skaam.

"Ek is bevrees nie, skat. Maar moenie bekommerd wees nie. Jy is in goeie hande."

"Ek hoop so. God, dit is 'n bietjie skrikwekkend."

"Hoekom is jy dan hier?" vra Catherine reguit. "Wat is die werklike rede? Dit moet iets meer as professionele nuuskierigheid wees. Erken dit, jy is 'n geheime slet."

"Ek is nie 'n hoer nie."

"Dan moet ek dalk die bestuurder vra om hierdie kar om te draai en terug te ry na jou woonstel toe.

"Wag," antwoord Julia vinnig. "Ek is hier omdat ek hou van wat jy doen. Ek dink dit is opwindend. Ek wil jou aanhou dophou."

"Het jy fantasieë om aan te sluit? Het jy al daaraan gedink om geslaan te word, gedwing om 'n strap-on saam met jou binne enige van jou stywe gaatjies te dra?"

"Ja ek doen."

'n Ondeunde glimlag verskyn op Catherine se gesig.

"Natuurlik. Ek het geweet jy het voorleggingspotensiaal van die dag af wat ek by jou ateljee ingestap het. Dis gewoonlik die stil meisies wat die grootste slette maak."

"Ek is nie 'n hoer nie."

"Die ontgroening moet daarvoor sorg. Onthou, niemand dwing jou om hier te wees nie. Jy kan vertrek wanneer jy wil."

'n Rilling van vrees en opgewondenheid het Julia se ruggraat afgestuur.

Hy het gewonder wat Catherine bedoel, maar Catherine draai net haar kop met 'n effense glimlag en kyk by die motorvenster uit.

DEEL VIER
Pyn en plesier

57

HOOFSTUK 12

Die veiligheidshekke is oopgemaak en die motor is op die groot erf toegelaat.

Die motor het voor 'n herehuis stilgehou, en die twee vroue het daaruit geklim.

"Dit is waar ons ons maskers opsit," het Catherine gesê. "En trek jou jas uit. Dis tyd om met daardie mooi lyf van jou te spog."

Julia trek haar jas uit en gooi dit in die kar.

'n Ligte windjie het hom herinner hoe kwesbaar hy was.

Sy voel hoe die spasie tussen haar bene tintel van die koue lug.

Haar pienk tepels het verstyf van 'n tweede rondte briesie.

Julia het haar bene styf toegemaak in 'n flou poging om haar vroulikheid te bedek.

Albei vroue het hul goue maskers aangetrek.

Julia steek haar hand in die motor en gryp haar kamera.

Hulle het die deure toegemaak en die motor het weggery.

Die ingang na die herehuis is deur twee robuuste mans bewaak.

Hulle het ook maskers gedra en het stilgebly toe die twee vroue hulle nader .

"Wagwoord asseblief," vra een van die gemaskerde veiligheidswagte.

"Handdoek," antwoord Catherine.

"Julle kan voortgaan dames."

Die wag het die deur oopgemaak en hulle het die herehuis binnegegaan.

Julia het haar verwonder aan die uitspattigheid van die gebou.

Dit het gelyk of dit vir 'n koninklike familie gebou is.

Skilderye, versierings en versamelstukke is teen die mure uitgestal.

Die ingang waardeur hulle ingekom het, was bedek met 'n groot rooi tapyt.

Hulle het deur 'n groot saal gestap.

"Jy moet 'n rukkie in die gastekamer wag," het Catherine gesê. "Iemand sal jou binnekort kom soek."

Julia haal diep asem.

"Wel."

"Jy sal regkom. Kalmeer."

"Kan jy vir my sê wat gaan gebeur?" het Julia gevra. "Ek sou minder senuweeagtig wees as ek geweet het."

"Nee. Wag in die kamer totdat iemand jou kom haal. Hou jou masker op en los jou kamera daar. Daar sal later genoeg tyd wees om foto's te neem."

Catherine het die deur oopgemaak en vir Julia beduie om die kamer binne te gaan.

Die gastekamer was eenvoudig, met 'n paar houtmeubels.

Julia haal diep asem en gaan in.

HOOFSTUK 13

Hy het tred verloor met hoe lank hy gewag het.

Sy het nooit haar masker afgehaal nie.

Nadat sy verveeld gesit en wag het, het Julia voor 'n spieël gestaan en na haarself gekyk.

Die masker was pragtig.

En hy kon nie ophou dink aan hoe haar pienk tepels en vagina deur die dun stof van die rok sigbaar was nie.

Sy het haarself en haar redes waarom sy daar was, bevraagteken.

Voordat ek verder kon dink, was daar 'n klop aan die deur.

'n Vrou het ingekom, heeltemal naak, net 'n goue masker gedra.

"Volg my," sê die naakte vrou sag.

Julia volg haar uit die kamer en in die gang af.

Dit het donkerder geword.

Baie van die ligte was afgeskakel en daar het 'n groot aantal kerse in alle rigtings gebrand.

Daar het 'n groep gemaskerde mense in die gang gestaan.

Sommige was naak, sommige het pakke gedra.

Hulle het almal maskers gedra.

Hulle het in 'n sirkel gestaan, met Catherine in die middel.

Catherine was heeltemal naak, behalwe vir die masker.

Dit was die eerste keer dat Julia Catherine se heeltemal naakte liggaam gesien het.

Julia het haar getinte figuur en wulpse rondings met groot bruin tepels bewonder.

Julia is na die middel van die sirkel gelei, direk voor Catherine gestaan.

Die ander gemaskerde gaste in die kamer bly stil.

"Welkom Julia," sê Catherine. "Die komitee het besluit om haar tot ons private Klub toe te laat. Dit was nie 'n maklike besluit nie, maar die kwaliteit van haar werk en haar diskresie is wat haar toegelaat het om in te skryf. Daar is egter voorwaardes vir hierdie aanvaarding, wil jy graag weet wat hulle is?

"Ja," het Julia senuagtig geknik.

"Eerstens moet jy seksuele onderwerping ervaar vir die groep om te sien. Tweedens moet ek vyftien klereknippe aan jou lyf dra tydens die proses. Ten slotte moet jy binne die volgende uur ten minste twee keer orgasme. Alle voorwaardes is verpligtend. Jy kan aanvaar hulle of gaan."

Julia haal diep asem.

"Ek stem saam."

"Vertel ons hoekom jy saamstem. Hoekom wil jy hê dat sulke pynlike en vernederende dade aan jou gedoen word? Jy is 'n baie lieflike meisie."

Julia dink vir 'n oomblik.

"Om jou sessies die afgelope twee maande dop te hou, het my oë oopgemaak vir iets nuuts. Ek wil voortgaan om deel hiervan te wees."

"Selfs al beteken dit om deur hierdie ontgroening te gaan?" vra Catherine.

"Ja."

"En wat maak dit jou?"

"In 'n hoer."

Catherine knik.

"Trek jou uitrusting uit. Wys ons jou pragtige lyf."

Daar was 'n koue rilling langs Julia se ruggraat.

Ten spyte van die maskers kon Julia elke oog in die kamer met afwagting voel wag.

Sy het die deurskynende uitrusting tot op haar voete laat sak en haar heeltemal naak gelaat.

Sy het die drang om haar bene te kruis weerstaan en haar skoongeskeerde kruis toegelaat om kaal te bly.

Sy het ook die drang weerstaan om haar klein borste te bedek en haar pienk tepels toegelaat om uit te steek.

Catherine het vorentoe getree en was net sentimeters van Julia af.

Sy steek haar hand uit en raak aan Julia se klein borsie en streel saggies oor haar hand.

Hy het die pienk tepel met sy vinger omgetrek en dit dan hard geknyp.

"Oh..." hyg Julia.

"Maak ek jou seer?"

"'n Bietjie."

"Sal ons dan stop?"

Julia het geweet dat sy 'n subtiele ultimatum gestel word.

"Nee. Moet asseblief nie ophou nie."

Catherine knyp die tepel nog harder, wat Julia weer laat snak.

"Jy hou dalk nie eers hiervan nie. Maar jy..."

'n Gemaskerde naakte vrou het hulle genader met 'n kussing met 'n klein stapel wasgoedpennetjies daarop.

Catherine het een van die knipsels geneem, dit oopgemaak en dit op Julia se tepel geplaas.

Stadig laat hy toe dat die knip die tepel vasdruk, bietjie vir bietjie.

Catherine los die klem wat hard op die tepel vasgeklem het, wat dit laat swel het.

"Dit maak baie seer," het Julia met stille desperaatheid gesê.

"Wil jy ophou? Die voorwaardes is nie onderhandelbaar nie."

"Hoe lank sal die clip daar wees?"

"Totdat jy vanaand twee keer orgasme. Ek kan dinge versnel as jy wil. Dit sal makliker wees vir 'n beginner soos jy."

"Asseblief..."

Catherine het nog 'n wasgoedpen gekry en dit genadeloos op Julia se ander tepel gebruik.

"Ahhh..." skree Julia.

"Dis twee snitte tot dusver. Dertien om te gaan."

"Waar gaan jy hulle sit?" vra Julia, amper bang.

Catherine leun vorentoe en fluister in Julia se oor.

"Wat van jou labia? Dis die tradisionele plek vir 'n vrou. Wil jy ophou swaarkry of by ons klub aansluit?"

Dit was die punt van geen terugkeer nie.

Julia het in 'n oomblik besluit, al was haar tepels seer.

Haar tepels in plaas van pienk het 'n donker skakering van rooi geword.

"Ek weier om op te gee."

"Lê dan op jou rug. En sprei jou bene."

Julia lê op haar rug op die matvloer, haar bene wyd gespreid.

Haar vroulikheid was ten volle ontbloot en wag vir die pyn van klereknippe.

Catherine kniel en neem haar tyd om die poes voor haar te ondersoek.

Sy het dit bestudeer en dit bewonder.

Catherine neem 'n klereknip, maak dit oop en lig die linkerkant van Julia se lippe op.

"Dit kan 'n bietjie seermaak," het Catherine gewaarsku. "Jy is 'n volwasse vrou. So tree op soos een."

Met daardie waarskuwingswoorde het Catherine die snit wreed vrygestel, wat veroorsaak het dat sy skielik haar lippe saamgetrek het, wat Julia laat skree het.

Catherine het geglimlag en na nog 'n snit gegryp, en hierdie keer saggies aan haar lippe losgelaat.

Die druk van die tweede skeersel het veroorsaak dat die lippe van vorm verander het.

Catherine het die proses voortgesit totdat die linkerkant van Julia se lippe met wasgoedpennetjies bedek was.

"Hoe voel jou poes?" vra Catherine.

Julia het haar kop op die mat laat rus en die pyn van haar tepels en lippe wat van die klereknippe geknyp is, bestry.

"Dit maak my baie seer".

"Dit wys jy is menslik. Ek is trots op jou dat jy so lank gehou het. Jou ontgroening is moeiliker as die meeste, want jou finansiële agtergrond is nie dieselfde as ons s'n nie en jy het nie 'n geskiedenis van slawerny nie."

"Ek verstaan."

"Goeie teef. Die moeilike deel is amper verby."

Catherine reik na nog 'n klereknip, en plaas dit hierdie keer saggies oor Julia se regterlippe.

Julia het nie meer teruggedeins nie en nie gekreun nie.

Sy het al gewoond geraak aan die pyn in haar sensitiewe seksuele areas.

Die patroon het aangehou totdat al die knipsels op Julia se poes gebruik is.

Die vagina, eens oulik en aantreklik, het skielik vervorm geraak.

Die labia het soos klei in verskillende rigtings gestrek.

Catherine kyk binne in Julia se pienk poesie en sien dis nat.

"Jy is gereed vir jou eerste orgasme," het Catherine gesê. "Is dit nie so nie?"

"Ek is."

Catherine het die middel van Julia se poes sonder waarskuwing geslaan.

Die skok het Julia laat uitroep in 'n seldsame kombinasie van pyn en plesier.

Julia se poespak het aangehou totdat Catherine se vingerpunte met vaginale vloeistowwe bedek was.

"Jy is sopnat, skat," sê Catherine. "Ek dink jy is gereed."

Daarmee het Catherine twee vingers in haar poes ingedruk en die vingers van haar ander hand gebruik om met Julia se klit te speel.

Dit was 'n kragtige kombinasie.

Sy vingers was vaardig om ander vroue seksueel te behaag.

Met die vingers is daar op 'n besondere en vaardige manier gewerk.

Julia kreun van plesier.

Sy het nie meer omgegee dat die groep gemaskerde mense na haar kyk nie.

Op daardie stadium was al waaraan sy kon dink die brandende sensasie in haar poesie en tepels.

Die vingers het die woes werk voortgesit.

Catherine het vinniger en vinniger met meer intensiteit gegaan.

Julia se lyf ruk.

het sy gekreun.

Catherine het gevoel dat Julia op die randjie van haar eerste orgasme was, so sy het nog harder gewerk en haar warm poesie gedruk.

Julia het gekreun, gekreun en haar rug krom.

Julia het 'n harde kreet uitgespreek en haar vingers het gekrul, toe ontspan haar lyf.

"Dis die eerste orgasme tot nog toe," glimlag Catherine en kyk af na haar vingers wat bedek is met poesap. "Nou is dit tyd vir orgasme nommer twee. Maar hierdie een gaan 'n bietjie moeiliker wees. Jy kan stop wanneer jy wil. Klaar?"

"Ja."

Catherine het haar vingers geknip, en twee gemaskerde naakvroue het gekom en leerriempies om Julia se hande en enkels gedraai.

Hulle het Julia rondgelei sodat sy op haar knieë was.

Hulle het na Julia se hande en enkels uitgereik en hulle aan hake in die grond vasgehaak.

Julia was met sy gesig na onder, heeltemal vasgebind en hulpeloos.

"Jou finale toets is sewe duim op jou boude. Moenie bekommerd wees nie kitty, ek sal baie lube vir jou gebruik."

Julia se oë rek groot.

Die slawernybande op sy polse en enkels was styf, en hy het nêrens gehad om te gaan nie, tensy hy besluit om op te hou, wat sy verhouding met Catherine permanent sou beëindig.

Sy het geweier om moed op te gee, selfs toe sy voel hoe Catherine se vingers in haar boude druk.

Die vingers was bedek met 'n dik smeermiddel.

Vingers het haar anus so ver gepeil as wat hulle sou gaan.

Catherine was nie baie gaaf nie.

Dit was alles vir haar besigheid.

Dus het Julia eenvoudig haar gemaskerde gesig teen die vloer gesit en die vingerpenetrasie in haar gat aanvaar.

"Ek gaan die penisband wat jy al soveel keer op my onderbroek sien gebruik het gebruik," sê Catherine terwyl sy teen Julia se lyf leun. "Ek sal eers stadig gaan, maar ek hoop jy gaan daarna met my pas voort."

Destyds het Julia herinneringe gehad van al die gemaskerde mans wat anaal deur Catherine se verskeidenheid verskillende bandjies genaai is.

Julia het al soveel keer voorheen gedink dat sy in die onderdanige rol was.

Maar sy het nooit gedink dat dit eintlik met haar sou gebeur nie.

Die punt van die harnas het hard teen Julia se anus gedruk.

Catherine het haar hande gebruik om Julia se boude uitmekaar te sprei, sodat die seksvoorwerp die klein gaatjie binnegaan.

Julia kreun hard toe die voorwerp haar lyf binnekom.

Dit het stadig in haar rektum ingetrek.

Sy het haar hande styf geklem en haar tande geklem.

Terwyl die voorwerp die stadige reis op haar gat voortgesit het, het sy gesnak en 'n kreun uitgelaat.

Hy het aangehou totdat Catherine se kruis teen haar boude gedruk het.

"Dapper meisie," sê Catherine in Julia se oor. "Die meeste mense sou nou al opgegee het. Nie jy nie. Jy is amper klaar. Dit sal oor 'n rukkie goed voel."

Catherine het stadig van Julia se rektum onttrek, toe 'n sagte druk gegee en dit weer diep ingetrek.

gebruik volgens Julia se spanning.

Elke stoot het Julia laat kreun.

Julia het in die kamer rondgekyk terwyl sy sodomiseer word.

Die gemaskerde gaste was stil en kyk na die vertoning.

Sy het gewonder wat hulle van haar sou dink.

Hy het gewonder of hulle opgewonde is.

Hy het gewonder of hulle ook in sy gat wil klim.

Die stoot in Julia se gat het voortgeduur.

Pyn het gou met plesier gepaard gegaan.

Haar tepels en poes was nog seer van die klereknippe.

Die pyn het aanhou groei, maar die plesier het ook met dieselfde of groter intensiteit gegroei.

Haar anus was steeds seer van die sewe-duim seksspeelding, en sy was nie heeltemal gewoond daaraan nie.

Maar daar het 'n vreemde plesier in haar gegroei.

Om anaal gefok te word vir almal om te sien, was opwindend.

Dit was sensasioneel.

Die stote het vinniger en dieper geword.

Catherine het minder genade en minder teerheid getoon, en het regtig onbeskof teenoor Julia begin wees.

Julia is behandel soos enige van Catherine se onderdaniges, wat 'n kompliment vir Julia was.

Dit het beteken dat Catherine geweet het dat Julia sterk en waardig genoeg was om die anale straf op te neem.

"Ek kan voel hoe jou orgasme nader kom," het Catherine gesê terwyl sy druk. "Kom vir my, skat. Doen dit en sluit aan by ons klub."

"Ek probeer," hyg Julia.

"Miskien sal dit help, kitty."

Catherine het haar hand uitgesteek en met Julia se klit begin speel terwyl sy haar sodomiseer.

Julia se seksualiteit is van alle kante aangerand.

Haar tepels was seer.

Sy lippe was seer.

Sy anus en rektum is genadeloos gestamp.

Nou word haar sensitiewe klit gemasseer.

"O my God!!!" Julia kreun.

Die jong vrou se rug het gewelddadig geboë, en haar hande en voete het met alle mag geklem.

Die vloeistowwe het uit haar poesie gekom en die vloer bedek.

Vir die tweede keer het hy weereens voor almal gekom .

"Baie geluk," sê Catherine en vryf oor Julia se hare. "Jy is nou 'n lid van ons klub."

Catherine het die seksspeelding stadig van Julia se bodem verwyder en opgestaan.

Sy het Julia op die grond dopgehou.

Julia was op die oomblik seksueel uitgeput en het stadig na haarself teruggekeer.

Die ander gemaskerde vroue het Julia kom losmaak en die klampe van haar tepels en poes verwyder.

Julia het opgestaan, en die ander gemaskerde gaste in die kamer het hul nuwe lid 'n ronde applous gegee.

EPILOOG

Ses maande later.

Julia het 'n pragtige rok aangehad terwyl sy in die hysbak gewag het.

Sy het 'n groot geel koevert vasgehou.

Toe hy sy vloer bereik het, het hy die sekretaresse met 'n bekende glimlag gegroet.

Toe gaan hy by Catherine se kantoor in.

Skerp is uitgeruil en Catherine het die koevert oopgemaak om na die nuut ontwikkelde beelde te kyk terwyl hulle albei gaan sit het.

"Jy het jouself oortref," beduie Catherine terwyl sy na die foto's kyk. "Pragtige werk. Die kamerahoeke, die beligting, die tydsberekening. Dit is perfek. Ons vriende by die klub sal van hulle hou."

"Dankie. Ek hoop jy geniet hulle."

"Dit is jammer dat hierdie beelde privaat moet bly. Jou talent as fotograaf behoort deur baie meer mense erken te word."

"Die erkenning van jou is genoeg," sê Julia dapper.

Catherine glimlag.

"Wat 'n lieflike meisie."

"Ek het gesien hoe my tjek op die sekretaresse se lessenaar geplaas is. Ek is seker dit is nog 'n ruim betaling, waarvoor ek baie dankbaar is. Maar vandag het ek gehoop vir iets 'n bietjie meer ... ekstra ..."

Catherine hurk in haar kantoor om haar broekie onder haar romp te verwyder.

"Baie goed. Jy het dertig minute voor my volgende vergadering."

"Dankie."

Julia het die lessenaar informeel genader.

Sy het haar ongeduld probeer wegsteek, maar hulle het albei geweet hoe Julia regtig voel.

Catherine sprei haar bene en sien hoe Julia op haar knieë sak.

Die limiet was dertig minute, so Julia het geen tyd gemors om haar Dominante Meesteres se poes te eet totdat sy die punt van orgasme bereik het nie.

.

EINDE

73